푸른사상 시선 181

꽃도 서성일 시간이 필요하다

푸른사상 시선 181

꽃도 서성일 시간이 필요하다

인쇄 · 2023년 9월 5일 | 발행 · 2023년 9월 11일

지은이 · 안준철
펴낸이 · 한봉숙
펴낸곳 · 푸른사상사

주간 · 맹문재 | 편집 · 지순이, 김수란, 노현정 | 마케팅 · 한정규
등록 · 1999년 7월 8일 제2-2876호
주소 · 경기도 파주시 회동길 337-16(서패동 470-6) 푸른사상사
대표전화 · 031) 955-9111(2) | 팩시밀리 · 031) 955-9114
이메일 · prun21c@hanmail.net
홈페이지 · http://www.prun21c.com

ISBN 979-11-308-2085-9   03810
값 12,000원

푸른사상
시선

181

꽃도 서성일 시간이 필요하다

안준철 시집

푸른사상
PRUNSASANG

어릴 적부터 유난히 여름을 탔다. 늦은 봄부터 얼굴이 푸석푸석해지고 맥을 못 췄다. 어른이 되어서도 여름은 반갑지 않은 손님이었다.

은퇴하고 고향인 전주로 돌아와 아침 연꽃을 만난 뒤로는
많은 것들이 달라졌다. 여름 내내 새벽같이 일어나 자전거
를 타고 덕진연못으로 달려갔다.

연못에서 연꽃이 자취를 감출 무렵 먼발치에서 가을이 서성이고 있었다. 연꽃과 가을의 교환은 최대 교역이었다. 연꽃을 만나고 돌아오는 길에 시를 한 편씩 썼다는 사실이 중요하다.

그렇게 여섯 번의 여름을 떠나보냈다. 여기에 모아놓은 연꽃 시편들은 그 고맙고 황홀했던 시간의 흔적들이다. 이 일곱 번째 시집을 연꽃과 자전거에게 바친다.

2023년
안준철

| 차례 |

■ 시인의 말

제1부

제2부

제3부

제4부

제1부

첫

덕진연못에 다녀오는 길에
장모님 댁에 잠깐 들렀다

꽃봉오리만 보이고 필동말동하던 때가
당신에게도 있었겠지요

꽃도 서성일 시간이 필요하다

집에서 덕진연못까지는
자전거로 십오 분 거리다
내가 자전거를 타고 가는 동안
연꽃은 눈 세수라도 하고 있을 것이다

오늘처럼 신호등에 한 번도 안 걸린 날은
연못 입구에서 조금 서성이다 간다
연밭을 둘러보니 어제 꽃봉오리 그대로다
아, 내가 너무 서둘렀구나

꽃도 서성일 시간이 필요한 것을

당신

아침 다섯 시 반
눈뜨기 무섭게 주섬주섬 챙겨
자전거 타고 연꽃 보러 가다가
문득,

새벽같이 일어나 연꽃밭에 가는 것은
꽃을 위한 일일까 나를 위한 일일까
당신을 위한 일일까

바람에게나 던진 물음이지만
꽃보다도 나보다도
당신이라는 말에 그만 뭉클해져서는……

연꽃밭도 나도
아직은 성글고 절정이 아니지만
당신의 눈빛으로 시나브로 익어가는

오늘, 당신은 누구일까요?

환대

아침 연꽃을 보러 가기 위해서는
동창이 먼저 밝아 와야 한다
바깥이 환하고 소란스러워야
꽃들도 필 엄두가 날 것이다
뿌리를 깜깜한 진흙 속에 두었으니
그 마음이 오죽하랴

오, 저 꽃 속을 기다리는 이의
궁금함이여!*

궁금함이야말로 최대의 환대다

* 이봉환 시인에게 꽃봉오리를 막 내민 연꽃 사진을 보내주었더니 답장
  이 왔다.

곁

유월 중순으로 접어든
연못은 아직 성업 중이 아니다
예쁜 놈 하나만 나와라
눈 부릅뜨고 찾아다니다가

문득, 나를 들킨다

연못에 연꽃만 있는 것도 아니다
집안에도 할머니 할아버지가 계시고
더부살이하는 시집 안 간,
못 간 고모도 있듯이

막 세상에 나온 분홍 꽃봉오리 곁에
새들에게 쪼일 것 다 쪼이고
적막해진 연밥들

또 그 곁에서 편안한 얼굴로
소멸에 들어선 누런 연잎들

연잎 쟁반

연두 바다에 다시 가보았네
아직 꽃물이 들기 전
초록동색들이 벌이는
마지막 공연을 보러 갔던 것이네

성급한 마음에 찾아갔다가
연꽃 한 송이 피어 있지 않아
실망한 낯빛 보이고 돌아온
그다음 날이었네

쟁반처럼 잘 자란 연잎들
눈길 한 번 안 주고
차갑게 돌아선 뒤에야
마음이 저지른 죄를 알았네

누군들
꽃이 되고 싶지 않았을까
왜 과오 없이는

꽃을 피우지 못할까, 나는

밤새 뒤척이다가
꼭두새벽 눈곱 떼고 일어나
다시 찾아간 연못에는
연잎들만 한 가득 출렁이고 있었네

아, 연잎 쟁반처럼 넉넉한 아침이었네

개화

뱉어내고 싶다
간질간질하다가 사그라들거나
터질 듯 터지지 않는

기관지확장증을 앓고 있는
내 안의 꽃이여!

오 저기
붉은 기침이로다!

결핍

저 고운 빛이 어디서 왔을까
조금은 알 것도 같다

곱지 않아서
고울 수 없어서

애쓰는 마음에서 왔다는 것을

오솔길에서

아침 연꽃 영접하고 돌아오는
건지산 숲속 오솔길
할머니 한 분이 앞에 걸어가신다
따르릉 따르릉
할머니는 못 들으신 듯하다
그게 얼마나 다행인지
무심결에 따르릉 해놓고
엄지손가락과 나와 자전거가
뒤늦게야 숨을 죽인다
자전거에서 사뿐히 내려
할머니 뒤를 졸졸 따라간다
할머니는 아직도
우리의 존재를 모르시는 듯하다

숨은 꽃

숨어서 핀 꽃에게
더 눈길이 가는 이 마음은 뭐지?

그러고는 한참 뒤에야

숨어서 핀 네 마음은 뭐니?

늘 한 발이 느리다

너를 피운 것이 여럿이듯

올해도 어김없이 걸음을 해주었구나

너는 거기 있었을 뿐
너를 향해 걸어간 것은 나인데
네가 나를 향해 걸어온 것 같구나

아름다움을 안부로 가져와서는
나의 아름다움도 보여달라는 듯

내가 보여줄 것은 마음뿐
새벽같이 일어나
이리도 숨 가쁘게 달려온 것을!

그 마음 알아달라고
너에게도 마음이 있기를
바라지는 않으마

하늘이든 진흙밭이든

너를 피운 것이
곧 너의 마음일지니

연잎에 어린 이슬방울들이
밤새 너를 피우기 위해 흘린
땀과 눈물일지니

너를 피운 것이 여럿이듯
내가 아름다워지는 것도
나 혼자만의 일이 아님을 알겠구나

있다

나는 자전거를 타고 가서
너를 만나고 오지만
너는 거기 있다

진흙밭 속에서

나는 있는 너를
사진기에 담아 오지만
너는, 있다

연꽃과 리어카

리어카에 폐지를 가득 실은 남자가
길 가던 아주머니와 무슨 얘기 끝이었는지

"오늘 살다가 내일 죽어도
나는 아무런 후회가 없어, 끄응"

혼잣말도 아주머니에게 한 말도 아닌
그 중간쯤의 허공에 던진 남자의 말을
나는 연못을 막 나오다가 들었다

가만 생각해보니
방금 전에 연꽃이 내게 한 말 같기도 했다

너

연꽃밭이 아직은 절정이 아니어서
오늘 하루는 건너뛸까 하다가
다행히도 마음을 고쳐먹었다

마음은 고쳐먹으라고 있는 것 같다

오늘 하루는 건너뛸까, 했을 때
풀이 죽은 꽃도 있었겠다

너였구나!

운다

연꽃 사진을 찍을 때마다
거의 운다

엉엉 우는 것은 아니지만
어두웠던 것들 환해져서 운다

애썼어 애썼어, 중얼거리며
운다

올 때 필 때

유월에는 연꽃이 오고
칠월에는 연꽃이 핀다

사랑이 올 때와 사랑이 필 때
언제가 더 좋을까

문득, 연꽃에게 미안했다

꽃이 아니라면
누구에게
다정함을 다한 눈빛을
흘려보낼 수 있을 것인가

꽃이 아니라면
한 존재가
다른 한 존재 앞에서
이리도 무방비가 될 수 있을 것인가

꽃이기에
안전한 사랑이기에
그리했을 거라고
그리할 수 있었을 거라고

연꽃 앞에서
눈치도 없이
그런 생각에 빠져 있다가

문득, 연꽃에게 미안했다

고요하면

내가 고요하면 백성들은 저절로 바르게 되고[*]

아침 연꽃을 만나고 오면 저절로 고요하게 되고

[*] 노자의 『도덕경』에서 빌려옴.

제2부

칠월의 신부

칠월 첫날, 아침 연꽃을 만나고
분홍빛 웃음을 머금고 돌아오는 길인데

눈에 적개심이 가득한 고양이가
내 앞에 딱 버티고 서 있다

실오라기만 한 적개심조차 없는 나는
고양이가 자세를 풀 때까지
기다려줄 마음이다

나는 분홍빛 웃음을 지어 보인다
고양이는 웃음을 받아줄 마음이 없는지
쌩 하니 어디론가 가버린다

고양이가 사라진 허공을 향해
나는 한 번 더 웃음을 지어준다
더할 수 없는 애정을 담아서

칠월의 신부가 내게 그랬듯이

도둑과 장물

연꽃 구경 나오신 두 할머니
먼발치에서만 바라보다가

연꽃 두 송이
줌으로 당겨 찍었다

뒷모습을 찍었어도
도둑은 도둑이다

집에 와서 풀어보니
장물이 너무 예쁘다

아름다운 협연

자전거 타고 연꽃밭에 간다
나는 페달을 밟고 자전거는 달린다
내가 바퀴를 굴리지 않으면
자전거는 달릴 수 없다
내 장딴지 힘으로 동력을 제공해도
달리는 것은 내가 아닌 자전거다
인간과 기계의 아름다운 협연이랄까
우리는 그렇게 한 몸이 되어 연꽃에게 가는 것이다
아무도 다치지 않게

칠월의 연꽃밭은
빨강과 초록의 협연이 한창이다

고요한 일

연일 장맛비가 내렸다
꽃들의 안부가 궁금하여
우산을 챙겨 집을 나선다
버스에 올라 경로석에 앉았는데
한 젊은 여성이 앞자리인
임산부석에 앉으려다 말고
나를 흘끔 쳐다보더니 뒤로 가버린다
내 우산에서 떨어진 물방울 몇 개
아, 이것 때문이었구나!
부지불식간에 한 일이
나를 더 잘 말해주기도 한다
순간 얼굴이 화끈거렸고
나는 최소한의 동작으로
주머니에서 손수건을 꺼냈다
죄인처럼 고개를 떨군 채
내가 흘린 것을 닦아내는 동안
나는 부끄럽기도 하고
고요하기도 하였다

오늘

여름 내내
매일 아침 연꽃밭을 다녀가지만

오늘 나를 설레게 한 것은
오늘 만난 꽃이다

꽃은 피면서 향이 날까 지면서 향이 날까

전주 덕진연못에 가면
연꽃보다도 먼저
파스 냄새가 나를 반기지

처음에는
내 몸에서 나는 냄새인 줄 알았지
아픈 허리를 달고 살았던 내게
파스 냄새는 하나의 일상 같은 것이었으니

난 파스 냄새가 싫지 않았는데
그것이 꽃향기였다니!

생을 피우는 일이 더 아플까
생을 이우는 일이 더 아플까

아픈 것이 황홀한 일일 수도 있지
꽃이 피고 지는 것이 일상인 연꽃밭에서

저리도 향이 은은한 걸 보면

아픈 뒤에 더 고요해진
내 안이 그렇듯이

가슴에 핀 꽃

비 오신다고 안 갈 수가 없어
우산 쓰고 아침 연꽃 보러 가네
내일도 연꽃이 필 거라고
하루라도 걸러야 더 그립지 않겠냐고
작년에 핀 자리 올해도 피었으니
그 꽃이 그 꽃 아니냐고
어르고 달래고 일러줘도
내가 내 말 듣지 않네

머리는 끄덕여도 가슴이 아니라네

연꽃과 손님

어제 멀리서 손님이 찾아왔다
벗이 찾아왔다고 썼다가
첫 만남이어서 손님이라고 고쳐 썼다

연꽃에게 나는 손님일까?
매일 찾아가니까 손님이 아닐까?
손님이 아니면 뭘까?

어제 찾아온 두 손님은
그냥 나를 보러 왔다고 했다
그럼 나는 연꽃?

어제 나는 함뿍 즐거웠는데
시방 연꽃도 즐거울까?

일

충분하다
이 한 시간 남짓이면

아침 연꽃 선연한
이 길을 지나는 것만으로
내 하루분의 행복은

이제 남은 시간에 대하여
찬찬히 궁리해보자

저 곱고 여린 꽃들을 피워낸
진흙밭의 일에 대하여

만개

오늘도 자전거 타고
아침 연꽃 만나러 간다

칠월이 가고 팔월도 가면
나는 연꽃을 찾지 않을 것이다

다른 일에 정신이 빠져 있겠지
그때는 그때다

오늘은 꽉 찬 마음으로
너에게 간다

십 분 먼저

덕진연못 취향정에서 만나기로 한
내 다정한 벗을
십 분 먼저 와서 기다리는데

참 고요하다
내 마음

아무것도 하지 않으리
그냥 기다리리

꽃들도 못 본 체하리

이 고요를
아끼리

연꽃과 발코니

장마와 폭우가 지나간 연못은
오늘이나 내일이었을 절정을
한 닷새 전쯤으로 되돌려버렸다
실망이 이만저만이 아니었지만
어두운 낯빛을 할 수가 없었다
이제야 막 분홍빛 꽃문을 연
어젯밤 발코니에서 로미오를 만난
줄리엣 같은 어린 꽃들이
나를 빤히 쳐다보고 있었다

면목

오랜 장맛비에 연꽃밭 꼴이 안 되었다
칠월인지 팔월인지 모를 지경이다
이제 연꽃도 다 끝났구나!
나도 모르게 푸념처럼 내뱉고는
저만치 달아나는 말을 급히 불러들인다
부사 하나를 끼어 넣었다
연꽃도 거진 다 끝났구나, 하고서야
잠자리가 내려와 앉은
어린 꽃망울을 볼 면목이 선다

꽃이 웃을 일

연꽃 필 때 배롱꽃도 핀다

연꽃 질 때 배롱꽃도 진다

연꽃은 배롱꽃보다 조금 일찍 핀다

매화가 살구꽃보다 조금 일찍 피듯이

조금 일찍 핀 것뿐인데

그것이 운명을 결정 짓기도 한다

매화가 봄의 첫사랑이듯이

연꽃은 여름의 첫사랑이다

사람도 아니고 꽃인데도

그것이 참 무섭다

물론 내 마음이 그렇다는 거다

꽃이 알면 웃을 일이다

길

아침에는 자전거 타고 연꽃 만나러 가고
밤에는 아내와 저잣거리로 밤마실 간다
연꽃 만나러 갈 때도 밤마실 갈 때도
빠른 길로 가지 않고 안 가본 길로 간다
아내가 여기로 가보자 저리로 가보자, 하면
나도 그러자, 하고 따라 나선다
아침에도 남의 동네 골목길로 슬그머니 들어가
여기저기 기웃거리다가 연꽃밭에 닿곤 한다

연꽃 만나고 돌아오는 길에도
지워지는 길은 없다

아침 연꽃

15분만이라도 완벽한 축구를 해보고 싶다는
어느 나라 축구 감독의 말이
아침 연꽃을 보러 왔다가 문득 떠올랐다

연꽃이면 연꽃이지
왜 꼭 아침 연꽃인가

오후에 연꽃밭을 다녀가는 사람은
맥 빠진 소강상태만 보고 가는 것이다

15분만이라도
아침 연꽃을 보러 오시라

사나흘 피다 지는
꽃에 대한 예의라는 말은 하지 않겠다

비유

연꽃 피면 능소화도 핀다
한 닷새쯤 늦게 피는데
아침 연꽃 보러 가는 길에
능소화를 먼저 만나면
설면설면하거나 데면데면하다가
돌아서기 일쑤다

다 내가 못나서다
음악에도 이중창이란 장르가 있는데
한 목소리로 두 음을 낼 수 없는
성대 탓만 했다

오늘은 자전거를 세웠다

쉼

꽃들과 연애하는 것도 힘에 부치는지
잠깐 의자에 앉아 쉬고 있을 때

연잎 살랑살랑 건들고 가는 바람같이
슬렁슬렁 나를 찾아오는 것들

고요다 평화다
적막이다

이때껏 살아온 이유가
이 순간에 닿기 위한 건 아니었는지

연애보다도 쉼이 더 황홀하달까

변명

오늘은 시가 오지 않았다

엉, 왜지?

자전거를 타고 집에 와서
사진기에 담아온
꽃과 새와 사람과 풍경을 보고서야
그 이유를 알았다

오늘은 그들이 시였다

연꽃과 아내

세찬 빗소리에 설핏 잠이 깨었다
농부님들 좋아하시겠구나
비몽사몽간에도 반가운 마음이 들어
씩 웃고는 다시 잠이 들었나 보다
아침이 되어 눈을 떴을 때는
거짓말처럼 비가 그쳐 있었다
우산을 챙겨 집을 나서는데
버스 타고 다녀오려고?
아내가 단아한 어조로 묻는다
나의 일거수일투족을
간섭하기 좋아하는 아내도
매일 아침 연꽃 보러 가는 나를
한 번도 말린 적이 없다
아내는 덕이 있는 여자다
연꽃과 선을 넘지 말아야 한다

제3부

꽃신

달랑 꽃잎 두 장
물 위에 떠 있다

단정하구나

연분홍 꽃신 다소곳이 벗어놓고
떠난 사람아

절정

사소한 말다툼 끝에
서로 얼굴 붉히고 헤어진 동창생에게
아침에 문자를 보냈다

날 안 만나도 좋으니
연꽃 좀 와서 보고 가게나

너무 좋네그려
미안하네

연서

날이 맑거나 흐리거나
그대가 피어 있는 한
나는 가리다

날이 흐리거나 맑거나
당신이 오신다면
피어 있겠어요

연꽃밭에 당도하기 전에
은은한 연향이
코끝에 먼저 와 닿는다

목숨 건 꽃들

아침 다섯 시에 일어나
연꽃 보러 간다
아침에 눈뜰 이유가 생긴 것은
좋은 일이다

고작 연꽃 보러 가는 것이
눈뜰 이유라니?
생을 무겁게 생각하는 이가
던질 만한 물음이다

나는 가벼운 사람이라
연꽃 보러 가는 일에도
목숨을 건다

오늘처럼
안개비가 내리는 날에는
우산 쓰고 자전거를 타고 간다

비바람에 후드득 떨어지는 꽃잎들

연꽃밭에는
목숨 건 꽃들이 많다

밥

꽃 진 자리
오롯이 남은 연밥에 박힌
작은 눈알들

다 보았겠다

내 눈길이
이쁜 꽃잎들에게만 가서
박히는 것을

그 사이
외로움을 밥 삼아
알알이 영글어갔겠다

참새 몇 마리
짹짹거리며 노는 줄 알았는데
가만 보니 아침 식사 중이다

연꽃밭에 다녀와서는

단물이 나올 때까지

밥알을 오래 오래 씹어 먹었다

법화경

더러움 속에 깨끗함이 있다

하지만 나는
진흙밭에 핀 연꽃을 바라보기만 한다

거기 발을 들이지는 못하고

다짐

하늘같이 믿었던 일이 하르르 무너져
상심이 크던 날

밤새 파도처럼 뒤척이다가

내일 아침에는 아무 일 없었던 것처럼
연꽃을 보러 가리라, 다짐하였네

밤새 노숙하며 머리 둘 곳 없어
이리저리 뒤척였을 것을

아침이면 아무 일 없었던 것처럼
더할 수 없는 눈빛으로 나를 반기는

꽃들의 다짐을 생각하였네

탱탱

어제 다 늦은 오후에
처형 차로 장모님을 모시고
덕진연못에 다녀온 아내가
연꽃이 많이 피긴 한 것 같은데
풀만 무성해 보이더라고 했다
꽃들이 긴장을 풀어버린
오후에 가서 그럴 거라고
아침에도 풀은 무성하지만
꽃들이 탱탱하게 살아 있어서
풀은 눈에도 들어오지 않을 거라고
나는 대답해주었다

안부

여름 내내 허구한 날

연꽃이나 보러 다니는 것이
누군가에게는 미안하고
스스로도 민망하여
어제 하루 쉬었는데

연꽃 사진 보내주면
연꽃 그림으로 답을 주시던
대구 김윤현 시인께서
연꽃 안부를 물어 오셨다

사랑하는 연꽃은 어찌되었나요?

그이의 한 마디에 심기일전
미안함도 민망함도
봄 눈 녹듯 사라진다

사는 일이
안부를 물어주는 일이라, 여겨진다

어미

연밭에 자주 와보니 알겠다
꽃이 한 사나흘 피다 지는 것을

한 꽃이 지면 또 한 꽃이 이어 피어
여름 내내 화엄세상 이루는 것을

연꽃 종자의 수명은
천년이 넘는 것도 있다고 하지

천년 묵언수행 끝에
입을 연 행자의 기분은 어땠을까

황홀했을까 허전했을까

천년의 침묵을 지켜본
진흙밭, 어미의 마음에 대해서는

묻지도 말하지도 말자

바람의 얼굴

연못으로 가는 길이 하나가 아니듯

연밭에 가는 이유가
꽃에게만 있는 건 아닌 것 같으다

배롱나무 그늘에 앉아 바라보는
연밥의 무심(無心)에게도 있는 것 같으다

내 영혼의 솜털을 건들고 지나가는
바람의 얼굴을 본 것도 같고

철없는 사랑

어제 그 자리 가보니, 없다
단 몇 초라도 내가 사랑했던 꽃
꽃도 나를 사랑했을까

한 사나흘 피다 지는 꽃이니
사람의 나이로 환산하면
하루에 이삼십 년을 사는 셈이다

어제 갓 스물 청춘이었던 꽃이
오늘은 한물간 불혹의 나이다
내일은 임종을 맞게 될지도 모른다

연못을 한 바퀴 돌아 나오는데
무성한 풀숲에 홍점 하나
어제는 없었던 신생의 꽃이다

눈에 등이 켜진다
참, 철없다

너를 만나러 가는 일이

─흐메, 이쁘네
─언제 자네랑 한 번 연꽃 보러 와야지 했어

어제 아줌마 둘이 지나가면서 했던 말

오늘은 나도
연꽃을 보러 가기로 한다

꽃 사진을 찍는 것은
그다음 일

늘 순서가 뒤바뀌었음을

너를 만나러 가는 일이
늘 그러했음을

집

팔월 첫날 아침

칠월 내내 절정이었던
연꽃밭을 슬렁슬렁 둘러보니

한쪽에서는
꽃이 시들고 연밥이 익어가고

한쪽에서는
아, 이제 막 꽃봉오리가!

연꽃밭이 집 같다
할머니와 어린 손주가 함께 사는

서둘러 집에 돌아와보니
아내가 아직 곤한 잠에 빠져 있다

거실, 수면 위에 핀

선물

날이 개었다 다시 시작이다

날이 개었다는 것은
어제, 혹은 조금 전까지
날이 흐렸거나 비바람이 쳤다는 거다

오늘은 어제의 선물이니

아직 어둠이 채 가시지 않은
이른 새벽 아침에
자전거를 타고 방천길을 달리다 보면
어제에 잇닿은 오늘을 달리는 기분이 든다

연꽃밭에 가보면
눈물 바람인 채
어제를 머금고 핀 꽃들이 보인다

후드득

바람도 없는데 후드득 지는 꽃잎들

후드득이란 말이 없어도 후드득 졌을까

갈 때가 되면 나도 후드득 가고 싶다

후드득이란 말이 있어서 다행이다

꽃시

하루걸러 찾아간 연밭에서
고와도 더는 고울 수 없는 꽃들
멍하니 입 벌리고 바라보다가
오늘은 꽃이 시다, 라고
탄식하듯 내뱉자
시가 점잖게 한 말씀 하신다
꽃이 시다를 꽃시라고
줄여서 말해야 한다고

내 대신 홍련이 더 붉어진다

사흘은 없는 날

어제 하루 쉬고
오늘 아침 하루걸러 연꽃밭에 갔다
아침 여섯 시 반에 집을 나섰지만
잠에서 깬 것은 한참 전 일이다

불과 이틀 만에 왔는데도
연꽃밭은 많이 변해 있었다
하루 이틀 피다 지는 꽃들이
부지기수다

하루 이틀 피다 가는 꽃들에게
사흘은 없는 날이다

연기론

몽골에 다녀오더니
그의 눈빛이 그윽해졌다
나도 덩달아 그윽해지다가
빙그레 웃었다

그의 깊어진 눈빛의 수혜자가
허공이 되지는 않을 것이다
아마도 첫 번째 수혜자는
그의 아내가 되겠지
나는 몇 번째쯤 될까
그런 생각 끝에 나온 웃음이었다

팔월의 연못은 한산했다
그윽한 눈빛으로
꽃과 연밥들을 바라보다가 돌아왔다
그 눈빛이 어디서 온 것인지
어린 꽃들은 몰라도
연밥들은 알고 있는 것 같았다

제4부

어떤 교역

한낮의 해는 뜨겁지만
아침 연꽃을 보러 가는 길은
선선한 가을 길 같다

여름이 가면
가을이 오는 것이 아니다
연꽃이 다 져야 가을이 온다

연꽃과 가을의 교환은 최대의 교역이다

정

입추 지나 사흘 만에 찾아간 연못은
늦게 핀 꽃들의 기세가 여전하였다
연밭으로 들어서는 길목에서는
나이를 가늠하기 어려운 여자가
덕지덕지 진한 화장을 하고
커피와 생수를 팔고 있었는데
행상인 여자보다 먼저 눈에 띈 것은
커피 냉온커피 생수 얼음생수
발기발기 오려 붙인 천 쪼가리였다
무슨 구호 같기도 하고 깃발 같기도 했는데
꽃도 아니고 사람도 아닌 것에게
알 수 없는 감정이 솟구쳐 올라와
한동안 고개를 돌리지 못하였다
꽃구경도 설렁설렁 하고 돌아 나오는 길에
천 원 주고 생수 한 병을 샀다

나의 천국은

자전거로 십 분 거리다
나의 천국은

나의 천국, 연꽃밭에는
예쁜 꽃들만 있는 것은 아니다
흙탕물을 뒤집어쓴 꽃들
죽어서 말라가는 꽃잎들
꽃에게 생기를 넣어주는
무대 뒤의 푸른 연잎들
어린 꽃들에게
마지막 수유를 하기 위해
검게 썩어가는 연밥들

혼자 예쁘게
영원히 사는 것이 아니다
여기서의 영생은

먹고살아야 하니까

생수 한 병 주세요
여기서 장사하신 지 오래되셨어요?

십사 년 됐어 열셋이나 있었는데
나 혼자 남았어

아니 왜요?
코로나 때문에요?

코로나 전부터 그랬어
애기들을 안 나
낳아도 한 둘

다들 떠나셨군요
장사가 안 돼서

언니들이 죽기도 하고

어제도 요양원에서 한 명 죽었어

그래도 끝까지 남으셨네요
먹고살아야 하니까

고요 연습

나는 교통신호를 잘 지키는 편이다
법 앞에서 겸손하고 싶은 마음도 있지만
그보다는 나만의 비법이 있어서다
연꽃밭에 가는 길에 신호등을 만나면
정지신호 앞에서 고요해지는 것이다
신호등을 무시로 어기는 사람들은
느닷없는 고요가 낯설어 그럴지도 모른다
빨간불이 파란불로 영원히 바뀌지 않는
그런 날도 불원간에 찾아오기도 할 것이다
정지 신호 앞에서 고요해지기도 하면서
죽음에 대한 두려움도 차츰 옅어졌다
나라고 처음부터 그랬을까
아침 연꽃을 보러 가다 보면
달뜬 마음에 무시로 신호등을 어기곤 했었다
수많은 고요의 기회를 놓치고도
똥인지 된장인지 모르던 어느 날
연못에 당도하자 한 소리 들었던 거다
이놈아 보거라, 저 꽃들 중에
고요의 연습 없이 핀 꽃이 있는지를!

밥

참새 한 마리
연밭에서 해묵은 줄기에 매달려
아침 식사 중이다

그 장면을 딱 잡았다
헌데, 나도 목덜미를 잡힌 것처럼
침묵 속에서 시간이 흘러갔다

아, 볼품없이
깨지고 상처 난 연밥들이
죄다 새들의 밥이었던 거네

그 꾀죄죄한 것들이
밥 멕이고 남은 흔적이었던 거네

아, 구순 장모님
축 늘어진 난닝구 속이었던 거네

할머니와 연꽃

아침 연꽃 보고 오는 길에
할머니 네 분을 만났다
어제도 뵌 할머니들이다

어디 일하러 가시는지
아침 운동 중이신지
골반 모양도 걸음 모양새도
어제와 신기할 만큼 똑같았다

나는 자전거 속도를 줄이고
할머니들의 뒤를 슬슬 따라가보았다
아침 연꽃을 담았던 사진기로
할머니들의 뒷모습을 찍고 또 찍으면서

내 사진기 속에 들어간 할머니들이
미리 와 있는 연꽃들을 보면
얼마나 좋아하실까
그런 엉뚱한 생각을 해보기도 하면서

팔월의 연꽃

칠월의 연꽃이
숨이 막힐 지경이라면

팔월의 연꽃은 숨을 쉴 만하다
숨을 쉬면서 보는 꽃도 좋다

시간의 그늘에서 검게 익어가는
연밥에게 눈을 주기도 하면서

고맙소

연꽃밭이나 편백나무 숲으로
아침 마실을 다녀오는 길에 만나는
작업복 차림의 남자들

나이가 들수록
그이들은 더 젊어지는 것이
신기하기도 하고 뭉클하기도 하다

신호등이 바뀌기를 기다리며
몇 번 뒤를 돌아보다가
폰으로만 살짝 사진을 찍었다

그랬는데 저편에서
내 쪽을 보면서 뭐라 주고받는 것이
사진 찍는 것을 본 모양이다

아, 어쩌나
너무 고마워서 그랬는데

너무 아름다워서 그랬는데

신호등이 바뀌자
멀리 허공에게 절을 한 번 하고는
도망치듯 횡단보도를 건넜다

고맙소 고맙소
사랑하오*

* 대중가요 노랫말.

오늘은 꼭 좋은 하루가 되어야 한다

아침 일찍부터
연꽃 구경 오신 수녀님들
배롱나무 근처에서
까르르 까르르 웃으신다

궁금해서 가보았더니
한 젊은 수녀님께서
배롱나무 등걸을 살살 만지시며
간지럼을 먹이고 계신다

마침 그때 바람이 지나간 것일까
한 가지 끝에 달린
배롱나무 붉은 잎들이
몸을 흔들어대기 시작한다

의심 많은 도마처럼
나는 배롱나무 붉은 잎들이
잠잠해지기를 기다렸다가

한 번만 더 간지럼을 먹여달라고
부탁을 드렸다

밝고 명랑하신 수녀님은
흔쾌히 내 부탁을 들어주셨는데
아, 배롱나무 붉은 잎들이
정말 간지럼을 타는 것이 아닌가

수녀님 고맙습니다!
좋은 하루 되세요!
나와 인사를 나눈 수녀님은
연꽃밭으로 총총히 걸어가시었다

오늘은 꼭 좋은 하루가 되어야 한다

연잎과 잉어

연꽃도 끝물이라 꽃보다는 산책이다
늦둥이 꽃들은 억울해할까
꽃의 마음을 알 수 없으니
한 꽃 한 꽃 눈길을 주며 걷는다

물속에서 형체와 빛깔을 잃어가는
늙은 연잎들, 그 주위를
살찐 잉어들이 왔다 갔다 한다
꽃에게 가 있던 눈길을 얼른 데려온다

아, 소멸이 수유구나!
다른 생명들에게 젖을 먹이는

연밥

팔월의 연못은 물 반 연밥 반이다
꽃 떨어진 자리에 연밥이 남는다
처음에 연밥은 꽃받침이었다
꽃받침 구멍에 종자가 들어 있다
연밥은 노랑에 가까운 연두였다가
차츰 초록을 지나 갈색이 된다
사색이 깊어질수록 검은색을 띤다
고개를 한껏 숙인 연밥은
고승의 묵상을 연상케 한다
여름 땡볕에 묵언정진하는
사색의 힘으로 종자를 키운다
연의 종자는 수명이 길어서
인류사에 이천 년 묵은 종자가
발아한 예도 있다고 한다
고개 숙인 연밥 앞에 서면
손을 모으는 이유다

연밥 할머니

참새 몇 마리 막 다녀간
산전수전 다 겪고
방금 전엔 공중전까지 겪은
연밥 할머니

"뭐 할라고 나 같은 것을 찍고 그랴
이쁜 것들이나 찍지 않고"

"이쁘세요
전 안 이쁘면 안 찍어요"

연잎과 여인숙

사흘 만에 연못에 갔다가
사진기를 목에 건 두 사내를 만났는데
그 중 한 사내의 목소리는
연꽃들이 화들짝 놀랄 만큼 크기도 하거니와
뭔지 불만이 가득 차 있었다

연일 내린 폭우로 인해
연잎들의 몰골이 말이 아니었는데
가만 보니 사내는 그것이 못마땅한 듯했다
좋은 작품 하나 건지려고 왔다가
실망을 하고 돌아가는 모양새다

내가 아는 시인*은
여인숙 달방 사람들을 사진기에 담기 위해
자신도 달방에서 두어 달 지내고 있다는데
그렇게 해서 친해져야
겨우 사진을 찍을 수 있다고 했다

* 이강산 시인.

꽃잎

사흘 만에 찾아간 연꽃밭은
눈에 띄게 수척하였다

그 수척한 볼에 눈부신
분홍빛 미소가 남아 있었다

내 나이 스물둘에 꽃잎 떨구신
어머니가 그러하셨다

적막

깊은 산에 들었다가
단 한 사람도 마주치지 않고
산을 내려오는 날이 있다

그런 날은
산의 적막을 독차지한 기분이 들어
행여 누가 불쑥 나타날까 봐
마음을 졸이기도 한다

내 생애 한두 번이나
찾아올까 말까 한 그런 행운을
다시 만나고 싶어
산에 오를 때가 있다

팔월이 되자 연못을 다 둘러봐도
연꽃 한 송이 보이지 않는다
대신, 덤으로 남은 거무스름한 연밥들이
산에서 만난 적막을 닮아 있었다

충분해요

오늘 아침 연꽃이
내 얼굴을 찬찬히 들여다보더니

"얼굴에 그늘이 있네?"
나는 아닌 척하려다가 그냥 말해버렸다.
"연꽃 시집을 내기로 했어."
"나를 시집보낸다고?"
"아니 시집을 내기로 했다고."
"하하 알아. 근데 그건 좋은 일이잖아."
"근데 너에게 좀 미안해서."
"무슨 말이야? 알아듣게 얘기를 해."
"나보다 시를 잘 쓰는 시인을 만났으면 좋았겠다 싶어
서."
"시를 좀 잘 쓰지 그랬어?"
"뭐라고?"
"하하. 농담이었어. 미안."
"농담이었다고?"
"화났구나? 충분해."

"방금 뭐라고 했어?"

"당신의 사랑으로 충분해요!"

"뭐? 정말? 근데 왜 갑자기 존댓말을 쓰고 그래."

연꽃 앞에서

혼자 북 치고 장구 치다가 돌아왔다.

작별

열흘 만에 찾아간 연못에서
히잡을 쓴 한 소녀를 만났다

조금만 더 천천한 걸음으로
내게 걸어왔다면
히잡을 쓴 여인으로 기억했을 것이다

"굿모닝!" 하고 가볍게 인사하자
그녀는 수줍은 웃음으로
인사를 대신했다

소녀의 웃음인지
여인의 웃음인지 모를

시야에서 멀어지는 그녀에게
"굿바이!" 하고 인사를 건넨 뒤
나도 곧 연못을 떠났다

아름다운 작별이었고

누구와 작별했는지는 중요하지 않았다

애련(愛蓮), 연꽃과 사랑에 빠지다

권순긍

프롤로그, 연꽃 만나러 가는 길

무언가를 지극히 사랑하면, 시(詩)가 되나 보다. 정말, 그렇지 않은가?

안준철 시인은 순천(順天)에서 30년 동안 학생들을 가르치다 2016년 2월 정년퇴직을 하고 고향인 전주(全州)로 돌아왔다. 그리고 매일 아침 새벽같이 일어나 자전거 '첼로'를 타고 '덕진연못'으로 달려가곤 했다. 연꽃을 보기 위해서다. 초여름 연꽃이 발그레한 봉오리를 내밀 때부터 꽃이 다 떨어지고 거무스름한 연밥만 매달린 초가을까지 시인은 매일 연꽃을 만나러 갔다. 연꽃을 만나고 돌아오는 길에는 시를 한 편씩 썼다. 그렇게 여섯 번의 여름을 보냈다. 2016년부터 올해까지 상당한 양의 '연꽃시'를 쓰고 그중에서 75편을 골라 드디어 일곱 번째 시집을 내게 되었다. '연꽃'으로만 시집을 낸다는 것은 매우 특이한 일이다. 얼마나 사랑했으면 그렇게 많은 시를 헌정했을까?

시인은 지독히 여름을 타면서 "늦은 봄부터 얼굴이 푸석푸석해지고 맥을 못 췄다." 한다. 그런데 매일 연꽃과 만나고부터는 그 증상이 사라졌다. 그러니 고마울 수밖에. 연꽃을 사랑한 덕분이리라. 그리고 매일 자전거 '첼로'에 신세를 졌다. '첼로'는 차가 없어서 멀리 나가지 못하는 시인에게 '산책가'로서의 삶을 가능케 해주는 애마 '로시난테(Rosinante)'였다. 더욱이 자전거는 지구의 기후 위기를 고려하면 참으로 생태적인 동반자다. 시인은 그런 방식으로 생태운동에 동참하였다. 해서 이 시집을 '연꽃'과 '자전거'에게 바치는 이유이기도 하다.

시인은 1992년 순천에서 생일을 맞은 제자들에게 써준 '생일시'를 모아 첫 시집 『너의 이름을 부르는 것만으로』(현대문화센터)를 내면서 등단했다. 모든 학생들에 대한 지극한 사랑이 없다면 불가능한 일이다. 세상에, 어떤 선생이 자기 반 모든 학생들을 대상으로 생일시를 써준단 말인가! 게다가 1993년에 펴낸 두 번째 시집 역시 학생들에 대한 사랑을 담은 『다시, 졸고 있는 아이들에게』(답게)이니, 학생들에 대한 사랑이 얼마나 지극한지 알 수 있다.

첫 시집과 두 번째 시집이 그런 것처럼 시인은 대상에 대해 무한한 사랑의 시선으로 시를 썼다. 이 시집에 실린 75편의 시 역시 연꽃에 대한 지극한 사랑의 노래, 연가(戀歌)다. 그러니 무언가를 지극히 사랑하면 시가 되는 것이리라! 이 시집에서 연꽃은 시의 소재로만 존재하는 것이 아니라 친구나 연인처럼 의인화되어 시 속에서 살아서 움직이고 감정을 표현하며 말을 건네기도 한다. 해서 이 시들은 '애련시(愛蓮詩)'라 부를 만하다.

연꽃을 지극히 사랑했던 송(宋)나라의 철학자 주돈이(周敦頤, 1017~1073)는 저 유명한 「애련설(愛蓮說)」에서 연꽃을 꽃 중의 '군자(君子)'에 비유하고 연꽃을 사랑하는 이유를 이렇게 말했다. "진흙에서 나왔지만 그것에 물들지 않고, 맑은 물결에 씻겼지만 요염하지 않으며, 속은 비었고 밖은 곧아 덩굴지지 않고 가지를 뻗지 않으며, 멀수록 향기는 더욱 맑고, 우뚝하고 맑게 서 있으며, 멀리서 바라볼 수는 있지만 가까이 두고 즐기며 구경할 수 없기에" 홀로 연꽃을 사랑한다고 했다.

그런데 안준철 시인은 과연 연꽃과의 만남과 사랑을 어떻게 그렸을까? 우선 여기 실린 75편의 시들은 모두 4부로 구성되어 있다. 연꽃을 주인공으로 삼아, 1부에서 '개화'하여 봉오리를 내밀기 시작하다가, 2부에서 '만개'하여 향기를 내뿜고, 3부에서는 '절정'을 이루다가, 4부에서는 꽃이 지고 '작별'을 고하며 '적막'해지는, 말하자면 '연꽃의 일생'을 4부로 나누어 시로 형상화한 것이다. 시인은 그 연꽃의 개화와 절정과 소멸을 지켜보면서 그들과의 만남과 사랑 그리고 깊은 명상의 세계를 보여준다. 그토록 사랑했던 연꽃을 통해 시인은 무슨 말을 할까?

1장 개화(開花)

연꽃은 어떻게 피는가? 통상적으로 6월 말이나 7월 초에 피

기 시작하는 것으로 알려졌지만, 때가 되면 알아서 피는 것
이다. 시에서도 "유월에는 연꽃이 오고/칠월에는 연꽃이 핀
다"(「올 때 필 때」)고 한다. 그런데 시인은 그 연꽃을 의인화하여
피는 과정이나 순간들을 섬세하게 포착해 그려낸다. 표제시
「꽃도 서성일 시간이 필요하다」를 보자.

> 집에서 덕진연못까지는
> 자전거로 십오 분 거리다
> 내가 자전거를 타고 가는 동안
> 연꽃은 눈 세수라도 하고 있을 것이다
>
> 오늘처럼 신호등에 한 번도 안 걸린 날은
> 연못 입구에서 조금 서성이다 간다
> 연밭을 둘러보니 어제 꽃봉오리 그대로다
> 아, 내가 너무 서둘렀구나
>
> 꽃도 서성일 시간이 필요한 것을
>> ─「꽃도 서성일 시간이 필요하다」 전문

급한 마음에 아침 일찍 서둘러 연꽃을 보러 갔다가 아직 피
지 않은 것을 보고 시인은 자신이 너무 서둘렀음을 깨닫는다.
연못 입구에서 서성이다 갔지만 꽃도 준비하며 서성일 시간이
필요한 것이다. 그런데 여기서 시인 자신의 시점과 연꽃의 시
점이 교차하고 있다. 처음에는 시인의 시점으로 연꽃을 바라

보다가 나중에는 연꽃의 시점으로 전환된다. 마지막 행에서 '서성이'는 주체는 바로 연꽃이기 때문이다. 서성거린 뒤에야 비로소 꽃이 필 수 있는 것이다.

이렇게 시점이 교차되는 모습은 연꽃을 의인화했기 때문이다. 아무런 감정이 없는 식물이 아니라 인간처럼 감정을 가진 주체로 인식했기에 그들의 시선이 느껴지는 것이다. 이런 방식으로 「결」에서는 시인이 연꽃을 발견하는 것이 아니라 오히려 연꽃에게 자신이 들켜버리는 지경에 이른다. 아직 연꽃이 피기 전에 혹시 핀 꽃이 있을까 살펴보다가 벌어진 일이다.

유월 중순으로 접어든
연못은 아직 성업 중이 아니다
예쁜 놈 하나만 나와라
눈 부릅뜨고 찾아다니다가

문득, 나를 들킨다

―「결」 부분

그러면 연꽃은 왜 피어나는가? 「환대」에서는 연꽃이 피어날 준비를 하면서 이토록 환한 세상을 보기 위해서, 이 세상이 궁금해 피어난다고 한다. "궁금함이야말로 최대의 환대"라고 하면서 시인은 이렇게 말한다.

아침 연꽃을 보러 가기 위해서는

동창이 먼저 밝아 와야 한다
바깥이 환하고 소란스러워야
꽃들도 필 엄두가 날 것이다
뿌리를 깜깜한 진흙 속에 두었으니
그 마음이 오죽하랴

　　　　　　　　　　　　　　　　　—「환대」 부분

　연꽃은 저 깜깜한 진흙 속의 어둠과 갑갑함을 뚫고 밝고 소
란스러운 세상으로 나아가고자 피어나는 것이다. 주돈이는
"진흙에서 나왔지만 그것에 물들지 않는다" 하여 연꽃을 통해
더러움/깨끗함의 대비를 말했지만, 시인은 어둠/밝음의 대비
를 통하여 땅속 어두운 세계에서 바깥의 환한 세상으로 탈출
하는 모습을 각인시키고 있다. 그러니 광명의 세상을 보기 위
해서 연꽃이 피는 것이리라. 그런데 시에서는 궁금함을 느끼
는 주체가 "오, 저 꽃 속을 기다리는 이의/궁금함이여!"라 하여
시인 자신으로 드러나지만 실상은 연꽃의 시점과 중첩된다.
　드디어 오랜 조바심과 기다림 끝에 연꽃이 피어나는데, 그
'개화'의 모습을 시인은 이렇게 그려낸다.

뱉어내고 싶다
간질간질하다가 사그라들거나
터질 듯 터지지 않는

기관지확장증을 앓고 있는

내 안의 꽃이여!

오 저기
붉은 기침이로다!

—「개화」 전문

붉은 연꽃이 피어나는 것을 기관지확장증을 앓아 각혈(咯血)하는 처연한 모습으로 그리고 있다. 아름다운 연꽃의 개화를 왜 하필 처연한 각혈로 그렸을까?

그건 그만큼 연꽃이 간절함과 고통 속에서 피었다는 것을 말하기 위함이다. 「결핍」에서는 "애쓰는 마음에서 왔다는 것"을 말하고, 「너를 피운 것이 여럿이듯」에서는 "너를 피운 것이/곧 너의 마음"이라 하면서 "연잎에 어린 이슬방울들이/밤새 너를 피우기 위해 흘린/땀과 눈물일지"라 한다. 마치 미당(未堂)의 「국화 옆에서」처럼 "한 송이의 국화꽃을 피우기 위해"로 수렴되는 무수한 기다림과 고통과 간절함의 시간을 여기서는 "사그라들거나", "터지지 않는" "붉은 기침"으로 그려낸 것이다.

이제 연꽃은 기다림과 고통의 개화 과정을 거쳐 한 송이 꽃으로 우뚝 서게 된다. 해서 연꽃은 이제 사진을 찍거나 예쁘다고 말할 수 있는 대상이 아니라 하나의 독립된 주체로 '존재'한다. '소유'가 아니라 '존재'로 전환된 것이다. 그 정황을 시인은 이렇게 그린다.

나는 자전거를 타고 가서
너를 만나고 오지만
너는 거기 있다

진흙밭 속에서

나는 있는 너를
사진기에 담아 오지만
너는, 있다

　　　　　　　　　　　　　　　—「있다」 전문

　시의 마지막 행에서 "너는"과 "있다" 사이에 쉼표를 넣음으로써 연꽃의 '실존(existence)'을 분명히 부각시키고 있다. 여기에 이르면 이제 연꽃은 시적 대상이 아니라 시인과 동등한 자격을 가진 인격체가 된다. 그러니 개화한 모습, 그 빛나는 존재감에 감동하여 울 수밖에 없게 될 것이다. 시인은 "연꽃 사진을 찍을 때마다/거의 운다"고 하면서 이렇게 말한다.

엉엉 우는 것은 아니지만
어두웠던 것들 환해져서 운다

애썼어 애썼어, 중얼거리며
운다

　　　　　　　　　　　　　　　—「운다」 부분

이 시를 보면, 우리의 영원한 고전『심청전(沈淸傳)』에서 인당수에 빠졌던 심청이가 왜 하필 연꽃에 싸여 바깥세상으로 나오는지 알 수 있다. 죽음과 어둠을 이기고 광명의 세상으로 나오는 매개체로 합당한 것이 바로 연꽃이기 때문이다.『심청전』에서 "인당수 너른 바다에 영롱하게 두둥실 뜬 연꽃송이는 조물주의 조화요, 용왕의 신통이라"고 한다. 그러니 심청이 극심한 고난과 희생을 거쳐 환생했듯이 개화(開花)의 애씀에 어찌 감동적이지 않겠는가!

2장 만개(滿開)

개화한 연꽃은 시간이 지나면서 대략 7월 중에는 '만개'하기에 이른다. 시인은 그 만개한 연꽃과 연애하듯이 "오늘 나를 설레게 한 것은/오늘 만난 꽃"(「오늘」)이라며 자전거를 타고 매일 아침 만나러 간다. 만개한 연꽃은 "분홍빛 웃음"을 띤 "칠월의 신부"(「칠월의 신부」)며, 그 연꽃밭은 "빨강과 초록의 협연이 한창"(「아름다운 협연」)인 곳이다. 그러니 이 아름다운 장관을 보기에 어찌 하루라도 머뭇거리랴. 매일매일 마음 설레며 출근하듯이 "오늘은 꽉 찬 마음으로/너에게 간다"(「만개」)고 한다. 심지어는 "비 오신다고 안 갈 수가 없어/우산 쓰고 아침 연꽃 보러"(「가슴에 핀 꽃」) 가기도 한다.

이 정도면 연꽃을 그냥 좋아하는 게 아니라 너무 좋아해 고질병에 걸린 경우다. 조선 중기 강호시가(江湖詩歌)에서 흔히 자

연을 지극히 좋아해 거기에 빠지는 것을 '천석고황(泉石膏肓)'
이라 불렀다. 사화(士禍)의 와중에서 혼탁한 정치현실을 떠나
깨끗한 자연 속에 은둔하길 즐겨해서다. 시인이 그런 중환자
다. 숱한 자연 중에서도 연꽃에 특별한 애정을 보인다. 심지어
는 "아침 연꽃 보러 가는 길에/능소화를 먼저 만나면/설면설면
하거나 데면데면하다가/돌아서기 일쑤"(「비유」)라고 한다. 물론
"오늘은 자전거를 세웠다"고 하지만 다른 날은 아닐 것이다. 시
인의 연꽃 사랑은 이렇게 지극하다.

그러니 같이 사는 아내라고 어찌 질투하지 않겠는가. 해서
"나의 일거수일투족을/간섭하기 좋아하는 아내도/매일 아침
연꽃 보러 가는 나를/한 번도 말린 적이 없다/아내는 덕이 있
는 여자다/연꽃과 선을 넘지 말아야 한다"(「연꽃과 아내」)라며 뭐
라 하지 않는 아내를 "덕이 있는 여자"라고 추켜세우지만, 이미
시인은 연꽃과의 연애에 선을 넘고 말았다. 그러니 이렇게 은
밀한 사랑 고백을 하지 않겠는가.

> 매화가 봄의 첫사랑이듯이
> 연꽃은 여름의 첫사랑이다
> 사람도 아니고 꽃인데도
> 그것이 참 무섭다
> 물론 내 마음이 그렇다는 거다
> 꽃이 알면 웃을 일이다
>
> —「꽃이 웃을 일」 부분

처음에는 매화를 내세워 사랑의 대상을 복수화했지만 중심은 단연코 연꽃이다. 사람이 아니라 꽃인데도 그것이 "무섭다"고 했다. 연꽃을 향한 마음이 그렇게 강렬했음이다. 시인도 물론 그 마음을 알고 있다. 그래서 "꽃이 알면 웃을 일이다"고 능치고 있지만 시를 보면 진상을 금방 짐작할 수 있다. 아, 시인이 연꽃에게 당신이 '여름의 첫사랑'이라고 고백을 하는구나.

꽃은 그 피는 시기와 모습에 따라 다양한 이미지를 내포하고 있다. 「애련설」에서도 국화를 은둔자(隱遁者)에, 모란을 부귀자(富貴者)에, 연꽃을 군자(君子)에 비유하고 있거니와, 과연 여기서 시인은 그토록 사랑하는 연꽃에게 어떤 이미지를 부여했을까?

시인은 「고요하면」이란 시에서 "아침 연꽃을 만나고 오면 저절로 고요하게" 된다고 했다. 이게 무슨 말인가? 앞 행에 『도덕경(道德經)』 57장 「순풍(淳風)」에 있는 "내가 고요하면(고요함을 좋아하면) 백성들은 저절로 바르게 되고[我好靜 而民自正]"라는 구절이 등장한다. 한마디로 '무위자연(無爲自然)'에 맡기겠다는 것이다. 무언가를 의도적으로 하지 않고 저절로 이루어지는 것을 말함이다. 시인에게 연꽃은 마음을 저절로 고요하게 만드는 그런 존재다. 연꽃을 사랑하면서 마음의 평화를 얻는 것이리라. 그런 정황을 잘 보여주는 시가 「쉼」이다.

꽃들과 연애하는 것도 힘에 부치는지
잠깐 의자에 앉아 쉬고 있을 때

연잎 살랑살랑 건들고 가는 바람같이
슬렁슬렁 나를 찾아오는 것들

고요다 평화다
적막이다

—「쉼」 부분

연꽃을 통해 시인은 마음의 고요와 평화를 얻는다. 그래서
"연애보다도 쉼이 더 황홀하달까"라고 끝을 맺는다. 그렇다. 뜨
거운 연애 뒤에 찾아오는 것이 바로 고요고 평화인 것이다. 시
인이 연꽃을 통해 진정 얻고자 하는 바가 바로 그것이다. 해서
그 고요한 마음을 아무것도 하지 않고 그대로 두기에 이른다.

덕진연못 취향정에서 만나기로 한
내 다정한 벗을
십 분 먼저 와서 기다리는데

참 고요하다
내 마음

아무것도 하지 않으리
그냥 기다리리

—「십 분 먼저」 부분

연꽃은 흔히 「애련설」에서처럼 그 맑고 향기로움으로 인해

120

군자에 비유되거나 부처의 탄생설화나 불교적 깨달음을 얻는 '염화시중(拈花示衆)'에 등장하여 불교적 상징으로 알려졌다. 그런데 시인은 여기서는 연꽃을 마음의 고요함을 얻는 '무위자연'의 대상으로 삼은 것이다. "아무것도 하지 않으리"가 바로 '무위(無爲)'의 경지인 것이다. 노자(老子)는 『도덕경』에서 "내가 아무것도 하지 않으니, 백성들이 스스로 이루어진다[我無爲而民自化]"고 했다. 바로 그런 "아무것도 하지 않는" 상태의 고요함을 시인은 연꽃을 통해 말하고자 함이다.

그런데 그 고요함은 저절로 얻어지는 것은 아니다. 노자는 아무것도 하지 않는 '무위자연'을 말했지만 우리네 삶에서는 대부분 아픔 뒤에 얻어지는 것이다. 시인은 덕진연못에서 "연꽃보다도 먼저/파스 냄새가 나를 반기지"만 그것이 파스 냄새가 아니라 바로 연꽃 향이었음을 깨닫고 이렇게 말한다.

생을 피우는 일이 더 아플까
생을 이우는 일이 더 아플까

아픈 것이 황홀한 일일 수도 있지
꽃이 피고 지는 것이 일상인 연꽃밭에서
저리도 향이 은은한 걸 보면

아픈 뒤에 더 고요해진
내 안이 그렇듯이
　　　　　─「꽃은 피면서 향이 날까 지면서 향이 날까」 부분

이 시에서 삶과 죽음을 대비하며 어떤 것이 더 아픈 일인가를 묻고, 그 아픔이 황홀할 수도 있다고 한다. 시인의 아픔을 대변하는 파스 냄새는 연꽃 향으로 대체되기에 그 향이 이끄는 마음의 고요함은 바로 아픔 뒤에 얻어진다는 깨달음에 도달하는 것이다. 만개한 연꽃의 향은 바로 아픔 뒤에 오는 마음의 고요함인 셈이다.

3장 절정(絶頂)

만개한 연꽃은 이제 '절정(絶頂)'을 향해 치닫는다. 연꽃밭이 이루어내는 그 절정의 광경을 시인은 연꽃에 대한 묘사 하나 없이 "사소한 말다툼 끝에/서로 얼굴 붉히고 헤어진 동창생에게/아침에 문자를 보"(「절정」)내며 이렇게 능청스럽게 말한다.

> 날 안 만나도 좋으니
> 연꽃 좀 와서 보고 가게나
>
> 너무 좋네그려
> 미안하네
>
> —「절정」 부분

시는 이런 것이다. 아름답다거나 눈부시다거나 등의 군더더기가 필요 없다. 덤덤하게 아침에 일어났던 일을 말하다가 "너무 좋네그려"라는 시인의 한 마디 말로 절정에 이른 연꽃밭의 모습을 기막히게 그려낸다. 이렇게 서정적 긴장을 주더니 마지막 행에서는 "미안하네"라며 마무리한다. 아침에 얼굴을 붉힌 것에 대한 화해인 셈이지만 절정에 이른 연꽃밭의 찬란함에 서로가 미안함을 느꼈음이다. 이렇게 연꽃은 아름다운데 우리는 사소한 일로 말다툼을 하다니, 라며. 진정한 서정은 바로 이런 것이다.

하지만 그 절정의 순간은 곧 소멸의 시작이다. 시인은 절정에 이른 연꽃에서 소멸의 모습을 본다. 「꽃신」은 그 정황을 군더더기 하나 없이 이렇게 선명하게 보여준다.

> 달랑 꽃잎 두 장
> 물 위에 떠 있다
>
> 단정하구나
>
> 연분홍 꽃신 다소곳이 벗어놓고
> 떠난 사람아
>
> ──「꽃신」 전문

만개한 연꽃잎이 두 장 연못에 떨어진 모습을 꽃신으로 은유하고 있다. 꽃신을 벗어놓고 떠난 연꽃(사람)은 죽음을 향해 갔으리라 짐작되지만 영광의 삶을 "단정하"게 마감하는 아름다운 소멸이다. 그래서 '목숨 건 꽃들'이 많은가 보다. 시인은 「목숨을 건 꽃들」에서 사랑하는 연꽃들이 스러지는 것을 보기 위해 "연꽃 보러 가는 일에도/목숨을 건다"고 하지만 정작 "비바람에 후드득 떨어지는 꽃잎들" 역시 "목숨 건 꽃들이 많다"고 한다. 빛나는 삶에 마지막을 부여잡고 소멸의 순간들을 장식하는 것이다. 그래서 시인은 연꽃의 소멸을 앞으로 다가올 자신의 죽음과 일치시키기도 한다.

> 바람도 없는데 후드득 지는 꽃잎들
>
> 후드득이란 말이 없어도 후드득 졌을까
>
> 갈 때가 되면 나도 후드득 가고 싶다
>
> 후드득이란 말이 있어서 다행이다
>
> —「후드득」 전문

"언어는 생각의 집"이라 한다. '후드득'이란 의태어가 있기에 연꽃이 떨어지는 모습의 표현이 가능했음이다. 연꽃을 지극히 사랑하는 시인은 그 말의 어감을 살려 연꽃이 떨어지듯 그렇게 자신도 가고 싶다고 한다. 연꽃과 자신의 일치를 통한 아름다운 소멸의 정경이다.

이렇게 시인은 도처에서 연꽃과 자신 혹은 가족들을 연꽃으로 환치시키고 있다. 연꽃밭의 모습을 가족과 일치시킨 「집」이 그런 대표적인 경우다.

연꽃밭이 집 같다
할머니와 어린 손주가 함께 사는

서둘러 집에 돌아와보니
아내가 아직 곤한 잠에 빠져 있다

거실, 수면 위에 핀

　　　　　　　　　　　　　　　—「집」 부분

　여기에 오면 연꽃이 인간화되는 의인화의 단계를 넘어 거꾸
로 인간이 연꽃으로 전환되는 경우를 보여준다. 해서 거실에
서 잠자는 아내조차 수면 위에 핀 한 송이 연꽃으로 화하는 것
이다. 마치『장자(莊子)』의 '호접몽(胡蝶夢)'처럼 연꽃이 인간으
로, 인간이 연꽃으로 전환되어 상호 교류하기도 하는 것이다.
　이렇게 상호 교류하기에 연꽃과 인간이 소통하는 경우는 자
연스럽다. 「연서」는 시인과 연꽃이 서로 사랑의 다짐을 주고받
는 방식으로 구성되어 있다. 먼저 시인은 연꽃에게 "날이 맑거
나 흐리거나/그대가 피어 있는 한/나는 가리다"고 하자 연꽃은
"날이 흐리거나 맑거나/당신이 오신다면/피어 있겠어요"라고
답한다. 시인과 연꽃이 부르는 '사랑의 이중창'인 셈이다. 게다
가 "연꽃밭에 당도하기 전에/은은한 연향이/코끝에 먼저 와 닿
는다"고 한다. 그렇다, '은은한 연향'은 그리운 님에게 보내는
사랑의 메시지가 아니겠는가.
　이렇게 시인은 연꽃과 사랑을 주고받지만 연꽃에게는 도저

히 넘을 수 없는 벽이 존재한다. 「애련설」에서도 말했듯이 시인은 그것을 "진흙 속에서 나왔지만 그것에 물들지 않는[蓮之出於淤泥而不染]" 깨끗함에서 찾았다. 해서 시인과 연꽃의 차이를 이렇게 말한다.

더러움 속에 깨끗함이 있다

하지만 나는
진흙밭에 핀 연꽃을 바라보기만 한다

거기 발을 들이지는 못하고

—「법화경」 전문

시인은 이 더러운 세상에 함부로 발을 들이지 못한다. 그 더러움에 오염될까 두렵기 때문이다. 그런데도 연꽃은 더러움 속에서도 저리 아름답게 핀다. 이런 연꽃의 경지는 바로 '진실한 가르침의 연꽃'인 「법화경(法華經)」으로 집약된다. 「법화경」은 곧 「묘법연화경」의 약칭으로 대승불교 전통에서 가장 널리 읽혀온 경전의 하나며, 천태종을 비롯한 여러 불교 종파에서 불교의 정수를 담고 있는 경전으로 존중되어왔다. 여기서 석가모니는 아득한 옛날에 완전한 깨달음을 이룬 이른바 '구원불'로 나타난다고 한다. 그 「법화경」의 오묘한 깨달음을 보여주는 것이 시인이 그토록 사랑하는 연꽃인 것이다. 그러니 어찌그 속으로 쉽게 들어갈 수 있는가?

4장 작별 그리고 적막(寂寞)

이제 빛나던 시절과는 작별을 고해야 한다. 뜨거운 여름이
지나고 선선한 가을이 올 때면 그 화려했던 연꽃들은 꽃잎을
떨구고, 잎들은 말라비틀어지며 거무스름한 연밥을 키운다.
연꽃주의자인 시인은 "여름이 가면/가을이 오는 것이 아니다/
연꽃이 다 져야 가을이 온다"(「어떤 교역」)고 강변한다. 시인에게
는 연꽃이 세상의 중심이니 연꽃이 져야 가을이 올 법하다. 마
치 "봄이 오면 꽃이 핀다"가 아니라 "꽃이 펴야 봄이 온다"는 어
법이다. 그런데 시인은 화려한 꽃잎이 떨어진 스산한 연꽃밭
에서 일찍 돌아가신 어머니의 모습을 발견한다.

> 사흘 만에 찾아간 연꽃밭은
> 눈에 띄게 수척하였다
>
> 그 수척한 볼에 눈부신
> 분홍빛 미소가 남아 있었다
>
> 내 나이 스물둘에 꽃잎 떨구신
> 어머니가 그러하셨다
>
> —「꽃잎」 전문

그 연꽃밭을 시인은 마치 사람처럼 "수척하였다"고 표현했
다. 어머니를 소환하기 위해서다. 그러니 아직 지지 않은 꽃들

로 '분홍빛 미소'가 어렴풋이 남아 있을 것이다. 꽃잎을 떨군 연꽃은 '분홍빛 미소'를 남긴 채 일찍 돌아가신 어머니의 분신인 셈이다.

하지만 가을을 맞아 소멸해가는 연꽃밭은 스산하기 짝이 없다. 시인은 그 모습을 이렇게 그린다.

> 꽃 떨어진 자리에 연밥이 남는다
> 처음에 연밥은 꽃받침이었다
> 꽃받침 구멍에 종자가 들어 있다
> 연밥은 노랑에 가까운 연두였다가
> 차츰 초록을 지나 갈색이 된다
> 사색이 깊어질수록 검은색을 띤다
> 고개를 한껏 숙인 연밥은
> 고승의 묵상을 연상케 한다
> 여름 땡볕에 묵언정진하는
> 사색의 힘으로 종자를 키운다
> …(중략)…
> 고개 숙인 연밥 앞에 서면
> 손을 모으는 이유다
>
> ―「연밥」 부분

꽃이 지고 연밥이 생성되는 과정을 그리다가 돌연 고개 숙인 연밥을 고승(高僧)의 묵언수행(默言修行)으로 묘사했다. 이제까지 연꽃은 대부분 화사한 여인이었다. 그런데 연꽃이 떨어지고 연밥만 남은 모습이 묵언수행하는 고승으로 바뀐 것이다.

그러니 그 사색의 힘으로 종자를 키우는 것이리라. 연꽃 자체
가 '염화시중(拈花示衆)'처럼 불교적 깨달음을 주는 상징이지만
시인에게는 연밥조차도 묵언수행하는 고승의 모습으로 은유
된다. 왜 그런가? 중생(衆生)들에게 보시(布施)를 하기 때문이다.
여러 편의 시가 이 정황을 그리고 있다.

> 나의 천국, 연꽃밭에는
> 예쁜 꽃들만 있는 것은 아니다
> 흙탕물을 뒤집어쓴 꽃들
> 죽어서 말라가는 꽃잎들
> 꽃에게 생기를 넣어주는
> 무대 뒤의 푸른 연잎들
> 어린 꽃들에게
> 마지막 수유를 하기 위해
> 검게 썩어가는 연밥들
>
> ―「나의 천국은」 부분

> 물속에서 형체와 빛깔을 잃어가는
> 늙은 연잎들, 그 주위를
> 살찐 잉어들이 왔다 갔다 한다
> 꽃에게 가 있던 눈길을 얼른 데려온다
>
> 아, 소멸이 수유구나!
> 다른 생명들에게 젖을 먹이는
>
> ―「연잎과 잉어」 부분

아, 볼품없이
깨지고 상처 난 연밥들이
죄다 새들의 밥이었던 거네

그 꾀죄죄한 것들이
밥 멕이고 남은 흔적이었던 거네

—「밥」 부분

  꽃잎은 떨어지고 "검게 썩어가는" 연밥들은 자라나는 어린
꽃들에게 '마지막 수유(授乳)'를 하지만 연꽃에게만이 아니라
잉어나 새들의 밥이 되기도 한다. 해서 이들의 소멸이 곧 다른
생명을 살리는 수유임을 말하는 것이다. 그러니 소멸의 연꽃
밭은 깨달음을 얻는 수행의 결실을 통해 구제받지 못한 세상
의 모든 생명체를 구제해주는 보시(布施)인 셈인데, 그중에서도
굶주린 이에게 먹을 것을 주는 음식시(飮食施)다. 연꽃밭이 '나
의 천국'인 이유다.

  그런데 연꽃과 인간이 상호 교류하는 것이 자연스럽게 드러
나기에 거무스름한 연밥은 묵언수행하는 고승은 물론 "아, 구
순 장모님/축 늘어진 난닝구 속"(「밥」)으로도 은유된다. 자식들
에게 모든 것을 다 주고 이제 아무것도 남지 않은 장모님의 형
상도 곧 연밥인 것이다. 처음 연꽃이 개화할 때 "꽃봉오리만 보
이고 필동말동하던 때가/당신에게도 있었"(「칫」)던 것처럼.

  연꽃밭의 소멸은 이처럼 다른 생명들에게 모든 것을 다 주
고 가는 '소멸의 수유'인 셈이지만 뒤에는 결국 아무것도 남지

않은 '적막(寂寞)'이 온다. 시인은 특히 연꽃이 만개할 때의 '고요'를 좋아했거니와 여기에 이르면 이제는 적막만이 남는다고 한다. 적막은 곧 번뇌의 세상을 완전히 벗어난 경지인 '적멸(寂滅)'을 의미한 것으로 읽힌다. 한 세상을 다 살고 가는.

> 팔월이 되자 연못을 다 둘러봐도
> 연꽃 한 송이 보이지 않는다
> 대신, 덤으로 남은 거무스름한 연밥들이
> 산에서 만난 적막을 닮아 있었다
>
> ─「적막」 부분

이제는 모든 게 사라지고 스산한 연꽃밭에 거무스름한 연밥들만 남아 적막하기 짝이 없지만 시인은 이 광경을 "내 생애 한두 번이나/찾아올까 말까 한 그런 행운"이라고 한다. 득도한 고승처럼 시인은 적막조차도 즐기는 것이리라. 그것이 곧 삶의 해탈이기 때문이다.

에필로그, 저 화엄(華嚴) 세상을 향하여

주돈이는 「애련설」에서 "연꽃을 사랑하는 것을 나와 같이하는 자가 누구인가[蓮之愛, 同予者何人]?"라 물었다. 그 주돈이의 물음에 대한 답이 여기 있다. 바로 안준철 시인이다. 연꽃에 대한 사랑으로 75편의 시를 헌정해 시집 한 권을 만들었으니 당

당하게 대답할 만하다.

연꽃은 안준철 시인에게 친구처럼, 애인처럼 때로는 이웃처럼, 마실 나온 할머니처럼 수많은 모습으로 찾아오지만 무엇보다도 그 모든 모습을 지극히 사랑했음은 숨길 수가 없다. 하여 이 시집의 시들은 주돈이의 독법처럼 감히 '애련시(愛蓮詩)'라고 부를 만하다. 연꽃을 지극히 사랑하지 않고서야 어찌 이런 시들이 나올 수 있었겠는가!

'산책자'인 시인은 매일 연꽃과 만나면서 수많은 명상을 통해 거기서 많은 것을 발견하고 생각의 깊이를 더했다. 해서 연꽃은 하나의 인격체로 시인에게 다가와서 사랑을 나누지만 아무것도 하지 않는 '무위자연'으로, 진실한 가르침을 주는 「법화경」으로, 그리고 꽃잎이 떨어지고 연밥만 남았을 때는 중생을 보시하다가 마지막에는 '적멸'로 돌아가는 과정을 보여준다. 시인은 덕진연못에 피는 연꽃의 생성과 절정과 소멸을 통해 우리네 인생사에 대한 깊은 깨달음을 말하고자 하는 것이다.

아마도 시인은 덕진연못의 연꽃과 삼생(三生)의 인연이 있을 것이다. 그러지 않고서야 어떻게 이런 시들을 썼겠는가? 그러니 결국 세상만사가 모두 인연(因緣)으로 얽혀 있다는 저 화엄(華嚴)의 세상을 말하는 것이 아니겠는가? 시인은 「연기론」에서 몽골에 다녀온 친구의 눈빛이 "어디서 온 것인지/어린 꽃들은 몰라도" 자신을 통해 연꽃에게도 전해졌음을 "연밥들은 알고 있는 것 같았다" 한다. 덕진연못의 연꽃 세상도, 매일매일 그곳을 찾아가는 시인과 우리들 세상도 모두가 화엄 세상의 일부가 아니겠는가! 하나가 전체이고, 전체가 하나가 되는, 저 무량(無量)의 화엄 세상! 그러니 안준철 시인의 시는 볼수록 더욱 맑은 향기를 풍긴다. 저 고요한 연꽃처럼.

시인은 이렇게 '애련시'로 시집을 내고도, 매일 아침마다 자전거에 몸을 싣고 맑고 향기로운 연꽃을 만나러 가리라.

權純肯 | 문학평론가, 세명대학교 명예교수

연분홍 꽃신 다소곳이 벗어놓고
떠난 사람아

오늘 나를 설레게 한 것은 오늘 만난 꽃이다

꽃 진 자리
오롯이 남은 연밥에 박힌
작은 눈알들

꽃은 피면서 향이 날까 지면서 향이 날까